【美】保罗·奥斯特 著　谢炯 译

PAUL AUSTER

墙　上　的　字

保罗·奥斯特诗歌自选集

南方出版传媒
花城出版社
中国·广州

图书在版编目（CIP）数据

墙上的字：保罗·奥斯特诗歌自选集 /（美）保罗·奥斯特著；（美）谢炯译. -- 广州：花城出版社，2021.1
书名原文：Paul Auster Collected Poems
ISBN 978-7-5360-9147-4

Ⅰ. ①墙… Ⅱ. ①保… ②谢… Ⅲ. ①诗集－美国－现代 Ⅳ. ①I712.25

中国版本图书馆CIP数据核字（2020）第083078号

合同版权登记号：图字19-2019-204号
Paul Auster Collected Poems
Collection copyright 2004 by Paul Auster
Original English edition published by The Overlook Press, Peter Mayer Publishers, Inc.

出 版 人：肖延兵
策划编辑：张　懿
责任编辑：陈诗泳　蒋文頡
技术编辑：凌春梅
装帧设计：姚　敏

书　　名	墙上的字：保罗·奥斯特诗歌自选集
	QIANGSHANG DE ZI：BAOLUO·AOSITE SHIGE ZIXUANJI
出版发行	花城出版社
	（广州市环市东路水荫路11号）
经　　销	全国新华书店
印　　刷	深圳市福圣印刷有限公司
	（深圳市龙华区龙华街道龙苑大道联华工业区）
开　　本	880毫米×1230毫米　32开
印　　张	6.75　2插页
字　　数	107,000字
版　　次	2021年1月第1版　2021年1月第1次印刷
定　　价	58.00元

如发现印装质量问题，请直接与印刷厂联系调换。
购书热线：020-37604658　37602954
花城出版社网站：http://www.fcph.com.cn

夜晚

我们用星星堆砌了墙

你的灵魂

不会再离去

作者简介

保罗·奥斯特（*Paul Auster*）

出生于1947年2月3日。美国著名小说家、诗人、翻译家和电影编剧。早年写诗，曾在法国生活，以翻译法国前卫诗人的诗集为生，后转写小说。《纽约时报》曾将他形容为"穿胶鞋的卡夫卡"。他出版有50多本著作，包括小说《纽约三部曲》(1987)、《月宫》(1989)、《机缘乐章》(1990)、《幻影书》(2002)、《无形之物》(2009)、《日落公园》(2010)、《4321》(2017)；散文随笔《孤独以及其所缔造的》(1982)、《冬日笔记》(2012)，以及7本诗集。作品中融合了欧洲的前卫、感性，笔端带点忧郁，文体清澈，并擅用嘲讽式的象征主义。此外，他经常运用文学游戏使故事生动，并在每一本新书中鞭策自己彻底重塑风格，是勇于创新的当代作家之一。他的书被翻译成四十多种语言，至今已得过二十多种世界性文学奖。

译者简介

谢炯

诗人、律师、诗歌翻译家,出生于上海。20世纪80年代就读于上海交通大学工业管理系,1988年留学美国,取得企业管理硕士学位和法律博士学位。2000年在纽约创办自己的律师事务所,为美国知名移民法律师和双语作家。出版有诗集《半世纪的旅途》(2015)、散文集《蓦然回首》(2016)、诗集《幸福是突然找回这样一些东西》(2018)、翻译集《十三片叶子:中国当代优秀诗人选集》(2018)、随笔微小说集《随风而行》(2019)、诗集《黑色赋》(2019)、翻译集《胡弦诗选》(2019)。2017年荣获首届"德清莫干山国际诗歌节"银奖。作品在海内外多种文学杂志发表,并入选海内外多种选本。

目 录

001　　　　前　言

001　　　　**墙上的字 1971—1975**

003　　　　白夜
005　　　　矩阵与梦境
007　　　　内部
009　　　　脉息
011　　　　书记者
013　　　　合唱
014　　　　子午线
015　　　　雷克瓦纳
016　　　　谎言。法令。1972。
018　　　　黄道。巴黎大堂。
020　　　　诫命：长距离之后
021　　　　天路行粮
023　　　　静物

024   祖先

026   爱尔兰

027   多棱镜

028   墙上的字

030   十月的描述

031   盟约

033   从影子到影子

034   普罗旺斯:春分

035   象形文字

037   白色

039   地平线

041   上升

044   南方

045   田园

046   纵火者

047   度数之歌

050   火之语

０５１ 堕落

０５３ 晚夏

０５４ 赫尔克利特

０５６ 盲文

０５８ 野蛮人

０５９ 眼睛的自传

０６１ 万灵节

０６３ **辐 1970**

０７５ **出土 1970—1972**

１０１ **失踪 1975**

１１７ **肖像 1976**

1 2 3	**来自寒冷的碎片 1976—1977**
1 2 5	北极光
1 2 7	怀念故居
1 2 9	东行
1 3 1	时针
1 3 3	来自寒冷的碎片
1 3 4	晨曲
1 3 6	见证
1 3 7	可见物
1 3 8	流星
1 3 9	输血
1 4 1	西伯利亚
1 4 3	镜片
1 4 4	隐秘
1 4 5	采石场

147   **面对音乐 1978—1979**

149   信条
150   现在时态的讣告
152   故事
154   S.A. 1911—1979
156   寻找定义
162   基石
163   面对音乐

169   **空白 1979**

前 言

一

保罗·奥斯特(Paul Auster),1947年生于新泽西州的纽瓦克市,童年在新泽西州郊区南橘镇度过。他被视为美国当代最勇于创新的小说家之一。奥斯特集诗人、小说家、编辑、文学译者和剧作家于一身,从1982年到2019年,以惊人的稳定状态产出了5个剧本、7部诗集、20部小说、9部文集(回忆录)、8部译作和编著,得奖二十余种。2017年9月13日,他更是凭借新出版的小说《4321》入围2017年英国"布克奖"短名单。奥斯特的代表作有《纽约三部曲》《机缘乐章》《地图结束的地方》《幻影书》《神谕之夜》《月宫》《布鲁克林的荒唐事》《孤独及其所创造的》《红色笔记本》《冬日笔记》《4321》等。村上春树曾不吝赞美地称他为"天才",美国评论界泰斗哈罗德·布鲁姆(Harold Bloom)说他融合了"霍桑和卡夫卡,就像博尔赫斯那样"。而《英国病人》的作者迈克尔·翁达杰(Michael Ondaatje)则说:"无论选择用何种形态发声,无论想象出什么样的故事,保罗·奥斯特都是不容忽视的声音。"奥斯特的作品最常讨论的主旨为人生的无常和无限，被文坛誉为"穿胶鞋的卡夫卡"。

奥斯特以诗歌写作开始了漫长而丰盛的文学生涯。他15岁开始写诗，就读于哥伦比亚大学时更是以诗人作为人生的目标。毕业后，奥斯特经历了一段独特的人生，他在邮轮上做厨房下手，在法国乡村帮他人看管农场，还从事过推销员、酒保等各种职业。其间，他写过很多诗，大部分都没有发表出版过，现已发表的最早的诗是他在1970年写的《轴》。从1974年第一部诗集《出土》出版到1987年第一部中篇小说集《纽约三部曲》出版一举成名，其间十余年奥斯特主要以写诗歌、散文以及翻译法国"先锋派"诗歌为生。1982年，著名的雷顿出版社邀请奥斯特编辑20世纪法国当代诗歌集。同年，他出版了大受好评的文集（回忆录）《孤独及其所创造的》。1987年开始，奥斯特正式转入小说的创作。

当被问及诗歌在他文学生涯中的地位时，奥斯特爱用一个手势来表达：他捏紧拳头，然后慢慢地张开，作为一个身高超过一米八五的男人，他有一双巨大的骨骼粗大有力的手。他说诗是他的核心，他从这个核心出发，慢慢地展开。他的所有的小说都可以从他的诗里面找到线索。可以说，奥斯特想写的一切主题，几乎全部在他的诗歌中完成了最初的命名仪式，后来的所有衍生文字的命运均和最初的命名有关。他自己清楚地意识到命名的重要性，他在诗作《内部》中写道：

夜重复着。一个声音对我倾诉
最微小的事物。
哦，不是事物——而是事物的名字。
当那些石头——
没有名字。羊蹄的嗒嗒声
漫过正午的村庄。金龟子
埋头在它自己的屎塔堆里。远方，紫罗兰的
蝴蝶成群结队翩翩起舞。

在无法形容的诗句中
在无法言说的
窒息中

我找到了自己。

命名是犹太文化传统的根基。《圣经·创世记》中最明显的例证就是雅各（Jacob）。"Jacob"原来的名字在希伯来语中是"脚踵和蒙骗者"的意思，因为雅各身为孪生子中的弟弟却假冒哥哥以得到父亲的祝福。他因蒙骗而不得不背井离乡，在异乡遭受他人的蒙骗，千辛万苦二十载，回故乡前，上帝和他搏击，他赢了后，上帝命他改名为"以色列"（"Israel"），也就是"和上帝搏击并赢的人"。

关于小说在诗中的命名，最显著的例子是奥斯特的长诗《失踪》。在这首诗里，他把词比喻为墙砖，他认为诗人就是一个造墙的人。那么这个造墙的人为什么要造墙？出于什么动机？长什么样？和谁一起造墙？到底发生了什么事情呢？又有什么结果呢？奥斯特的小说《机缘乐章》便是《失踪》的详细翻版，是《失踪》的动态电影，对此进行了补充。奥斯特自己曾说过："诗歌好比静态的摄影作品，而小说是电影。"但小说《机缘乐章》是没有结果的，乃西这个主人公到底是活是死，奥斯特并没有给出任何回答。真正的答案隐藏在他的诗《失踪》里：

> 他呼吸的是，因此，
> 是时间，他现在懂得了
> 只要他活着
>
> 他便只能活在那些活着的
>
> 并将没有他而继续活着的
> 事物里面。

因此，任何一个喜欢奥斯特小说的读者应该深入他的诗歌之中寻找答案。这也就是这本诗集出版的真正意义所在。

诗是什么？奥斯特爱引用德国著名的犹太裔诗人策兰在《不莱梅文学奖获奖致辞》中的话来回答这个问题。策兰曾经把诗歌比喻为"漂流瓶":"什么时候,在什么地点它被冲上陆地?也许到达的是心灵的陆地。"同为犹太裔诗人,奥斯特早期诗歌深受策兰的影响,他的诗《白色》就是为了纪念策兰而写的:

> 对那个淹死的人来说:
> 这一页,如同
> 被抛掷进茫茫大海的
> 瓶中的一页。
>
> 因此
> 即使天空
> 开始观望大地,大地的回声
> 也会扬起风帆航向他,
> 带给他雨的记忆
> 和滴答入水的雨声。
>
> 因此

他将懂得

即使洪水已从高高的峰巅

退却，四十个白昼

和四十个黑夜都不会将白鸽

送回来。

和策兰的诗一样，奥斯特的早期诗歌充满了需要深入读解的暗语。但不同于策兰的是，奥斯特的暗语中既带有犹太民族精神命运的艰难重负，又有着美利坚民族清醒的现实理念，因此"即使洪水已从高高的峰巅退却/四十个白昼和四十个黑夜都不会将白鸽送回来"。后期的诗人奥斯特迅速放弃了早期的紧张和愤怒，到20世纪70年代中叶，他的诗已趋向开放，他已学会和世界和解。他在后期的诗《寻找定义》中写道：

很简单，停下。

仿佛声音一停顿

我即可开始,我自己
便是字的声音

我无法说话。

太多的沉默
被沉思的躯体带入生活,咚咚擂响的
语言之鼓在躯体里面,太多的字

迷失在我广袤的
内心世界,因此可想而知
尽管无意

我却在这里。

仿佛这才是世界。

这本诗集包含了奥斯特不同时期出版过的诗作,也是他本人到目前为止公开给读者看到的所有诗作。我相信他暗藏了很多不愿示人的诗作，它们何时会出现在读者面前将是个无解的谜。

奥斯特自己一直认为诗歌是他写过的最好的文字。诗歌写作的本身不仅使奥斯特完成了命名的过程，同时奠定了他独特的文学风格。二十几年漫长的诗歌创作生涯使他出手不凡，40岁第一次出版小说《纽约三部曲》便一举成名。著名书评家迈克·迪尔达（Michael Dirda）称赞奥斯特道："在过去的二十五年里，奥斯特已经建立了当代文学中最独特的地基。"迪尔达在《华盛顿邮报》上写道："自从他写《纽约三部曲》的第一卷《玻璃城市》以来，奥斯特已经完善了清晰、忏悔的风格，同时用这种风格描绘了一个迷失在看似熟悉又充满了不安、充满了模糊的威胁和幻觉的世界中的主人公。他的情节——借助悬疑故事，存在主义和自传中的元素——让读者深深入迷，但最终却让他们不能确定是否读过故事。"我在这里需要强调的是，奥斯特尽管没有将他诗的晦涩带入小说，却将诗的隐喻和神秘性带进了小说，这使他的小说不同凡响，从

《纽约三部曲》到《神谕之夜》，他那些披着侦探小说外衣，却带有卡夫卡和加缪式荒诞色彩的存在主义寓言，在清晰的现实叙事中搭建出时空错落的阅读迷宫，使他得以在以现实主义为主的美国文坛独树一格。

二

我得以翻译保罗·奥斯特的诗集纯粹出于天意和巧合。我有时感到自己有点像《机缘乐章》中的主人公乃西，某天开车行驶在某条公路，而奥斯特正巧在路边举手搭车，出于某种无法说清的原因，我停下来，随便让奥斯特这个陌生人搭上了车，从此，一切便改变了。

2016年夏天，我到罗马旅游。罗马火车站边上有个很大的街心花园，树荫下有一排卖旧书的摊位，上面大部分都是意大利书籍，很多镀金的陈旧的《圣经》，小部分英文书籍。我见到一本英文版的"林语堂"，有点动心，因为旅馆就在书摊旁，我一周内去了三次，拿起又放下，放下又拿起，心中暗暗希望是本中文版的"林语堂"。就在那时，我看见一本薄薄的1976年出版的诗集，诗人名叫保罗·奥斯特，诗集名叫《墙上的字》，封面设计简洁，书页干净。尽管奥斯特是美国最著名的后现代主义小说家，我却不知道他是谁，诗集没有作者介绍。我随手翻到一首短诗《书记者》：

这时是春天
在他的窗下
他听见
一百粒白色的石子
变成愤怒的夹竹桃

这首诗惊奇地打动了我，我忍不住想拥有这本诗集。一问，价钱还不便宜，原价不过3美元的平装书，要卖55美元。摊主不会英文，也无法讨价还价。我心想：算了，喜欢就买吧，可能诗人英年早逝，诗集涨价了。抱着诗集回到旅馆，我上到谷歌一查，惊讶地发现保罗·奥斯特不仅活着，大名赫赫，而且和我同住纽约地区。当时，我刚刚踏上诗歌的旅途，写作风格未定。我打开诗集阅读，奥斯特的风格是非常有异于我的,却使我好奇,并产生强烈的冲动要将这些文字翻译成中文。

回到美国后,2016年秋天一个慵懒的长周末,我不费吹灰之力就把这本薄薄的诗集翻译完了。在奥斯特的声音中,我听到我自己细微的共振,我喜欢他的暗语和简洁的用语,这是我在翻译很多其他英语诗作时没有听见的。我曾经想过,有一天我们会见面,但是尽管奥斯特和我同住纽约地区,我却不知道去哪里找他。这段时间,我在网站和旧书店到处搜寻,购买了不少他的散文集、诗集和小说集。

2017年春天来临前,奥斯特出版了《4321》。92Y出公告宣布2017年1月30日举办他的首发会。92Y是纽约文化出版界的头号基地,几乎所有重要作家都在92Y举办过首发会。这个消息令我激动,我非常想见识一下作家本人,便马上订购了两张奥斯特首发会的票,位置在第二排正中。

2017年1月30日那天早晨,我打开关了一个周末的手机,一百粒白色的石子已变成了遍地燃烧的夹竹桃。一道禁令使身为移民律师的我，处于了风暴的中心。当天一到办公室，电话、电邮、微信蜂拥而至，不是要求加快速度办案，就是担心手中的绿卡会被取缔。忙碌到下午5点，我头昏脑涨，突然想起晚上7点还有奥斯特的首发会。我犹豫了，92Y在曼哈顿上城92街，我的办公室在下城，疲劳使我只想回家睡觉。到家后，先生却已穿好衣服准备去首发会，我无法说服他放弃。于是，吃了晚饭后，我们匆匆开车去上城的92Y。

92Y的大剧场可以容纳2000多人，剧场座无虚席。第一排是贵宾席，空着。我们坐在第二排。灯光暗下来后，奥斯特走上台。他比我想象中的高大很多，满头浓密的白发梳到脑后，露出高而宽的额头，他的脸方正，下巴强劲有力，轮廓线条锐利，眼睛大而灵活。他双手抓住讲台的边缘，开始读《4321》中的一段。这一段讲述主人公的父亲先是从欧洲逃难到美国，阴差阳错得了个新名字，后来因为赌钱和黑社会牵扯不清，企图骗取保险公司的赔偿，给自己的妻儿过上安定的日子，在店铺里纵火自焚。像奥斯特的其他书一样，基调沉重阴郁，适合阅读，并不适合于朗读。剧场鸦雀无声,他的声音平静沉着,然而他的肩膀却在每个段落的停顿处无意识地抖动一下,仿佛过重的夹竹桃,必须抖落掉枝头纷乱的花瓣。

突然,我先生开始扭捏不安,他拍打大衣,翻口袋和皮包,还蹲到椅子下面,发出很响的声音——他的一串钥匙找不到了,钥匙上还有一块纯金的墨西哥小硬币。台上的奥斯特从书上抬起眼皮,好奇地望了我们一眼,但很快又回到书本。我把车钥匙塞给先生,让他去车里找。先生走出剧场不久,奥斯特读完了,坐到椅子上回答问题。提问的是一个紧张干瘦的年轻人。年轻人问了两句有关《4321》的问题后,马上问及川普移民禁令和围墙的政治议题。估计奥斯特预料到会有这样的问题出现。他说,八十年代时我们一度以为很多问题解决了,但现在回过头来看,那些问题,类似种族、宗教、移民等在根本上都没有解决。例如,他这本书原名为《弗格森家族史》,但不久后美国发生了"弗格森枪击案"后,不得不改名。这时,我发现奥斯特有一双巨大的手,他边说话边用一双大手做出各种姿势。他说,他发现命运给予他的从来不是一个积极改造世界的角色,而是一个书写者的位置。我突然理解了他的诗《书记者》的意义。作家签名时,我拿出《墙上的字》。奥斯特惊讶地问我从哪里得到这本诗集的。我以为他问的是我为什么读这本诗集。我告诉他我既写诗也译诗,这本诗集被我翻译成了中文。他大叹一声说写诗和译诗都无法谋生。我记得我问他这是不是他改写小说的原因。他翻起大而明亮的眼睛拒绝承认。我原本想趁机将我打印出来的翻译诗送给他的,但最终也没有勇气拿出来。

2018年秋天整理文稿时我翻出两年前翻译的《墙上的字》。当时,我在诗坛已有小小的成功,不仅我的中文诗在国内最重要的几个文学刊物发表,翻译诗在美国的杂志发表,而且已经出版了诗集《幸福是突然找回这样一些东西》以及翻译集《十三片叶子:中国当代优秀诗人选集》。我在微信平台上发布的一组奥斯特的诗被《诗刊》主编李少君看中,他要刊登在《诗刊》上。因为《诗刊》是国家的文学期刊,必须尊重版权,李少君让我找到奥斯特,要他授权中国翻译发表权。我尽管一口答应,心里却没有底。我先翻译出奥斯特最新发表的小说《4321》,写了电邮给他的出版商,但是没有得到任何回音。后来我用谷歌查询到他的文学经纪人,又写了电邮去经纪公司,同时把翻译的诗篇样本发了过去。想不到第二天,经纪人来电说,奥斯特想和你通话。我问她怎么和奥斯特联系,她说他不用电脑和手机,只有普通电话。第三天,奥斯特打电话来,声音非常低沉,字正腔圆。他让我将翻译稿寄到他家,他说他的小姨子能读中文,圣诞节他到南方聚会时带过去给她看看。平台发布的诗反应热烈,《诗歌月刊》和《中外诗人》同时来要稿,我不得不又加译了十几首。我当时手头还没有他的诗歌集子,便上网买了一本。其间,我们频繁通电通信。他常常在我快下班时打来,我抱怨工作忙碌,他会安慰我说有工作很好,我说,好什么好,不想工作。他就嘿嘿地干笑几声。奥斯特说他的小姨子认为我翻译得非常好,暗示如果可能,要把他的整本诗集的翻译发表权都给我。我们说好了元旦后见面。但到了1月底,我突然收到法庭通知,出差去了加州两个星期,我们将约会推迟到4月10日。

4月10日我们在奥斯特家中进行了第一次改诗。他住在布鲁克林的公园坡，整条街都是盛开的桃花、梨花和樱花，古老的连栋褐石洋房使这个区更像伦敦而不是纽约。奥斯特背有点驼，脸依然非常英俊，精神很好，头发一丝不苟地梳向脑后。他的工作室在底层，接待室在宽敞的一楼。这栋老房子的拱形窗台、楼梯、地板边沿到处是油亮的棕黄色木饰，十分古朴、沉穆。他找不到我事先寄给他的手稿，结果我们并肩坐着，像两个小学生一样合用一份我带去的打印稿。他非常耐心地逐条回答了我在翻译中的疑问。因为他本身曾是很有经验的诗歌翻译家，有些翻译不出来的，他建议我扔掉它们。当然，在了解诗的缘由后，我都尽可能翻译了出来。他是个非常随和、爱讲故事的人，诗歌好像激发了他讲故事的欲望，他滔滔不绝、有声有色地告诉我他在法国森林里见过的喜鹊，他在爱尔兰追逐女友的困境，他在邮轮上管厨房的故事。交谈中，我们发现了更多的共同点。他青少年时代在南橘镇度过，家后面就是南山的采石场。而我在那一带曾经住过10年，以前还经常去南山跑步。他是犹太人,我现在则是嫁给了一个犹太人。不知道从什么时候开始,我发现他手中多了一杆小小的黑色电子烟。他一连抽了好几口,黑色的烟管里飘出淡淡的白雾。因为他事先没征求我的意见,我只好假装没有看见。他讲完一段后停顿一下,看着我,见我并没有在本子上记下来,脸上明显有点焦虑与不满。后来,我不得不在信里向他解释说,我习惯用大脑记忆,几乎从大学开始就从来不记笔记。

这次交流后,我们又见了几次面,直到把这本诗集完全修改完毕。其间,我参观了他楼下的书房。几个大书架上摆着许多书,包括他的书籍的各国翻译本。他向我展示了他正在写的关于19世纪晚期美国作家斯蒂芬·克莱恩的故事的手稿,一本黑色硬皮笔记本上,密密麻麻整齐地写满了细小的字,偶尔有几处涂掉修改的地方。奥斯特告诉我,完成手稿之后,他会在打字机上打一遍,同时进行修改,完成修改之后再请人将稿件输入电脑。我觉得他的方法非常古老,我自己几乎不再用笔写字,当年的几台打字机都进了垃圾桶。我在电脑和手机里写作,上传云端,保存稿件。后来我们比较熟悉了，因为我们见面的时间一般都是下午4点到5点，我会带瓶白葡萄酒和熟食过去，我们边吃边聊，天马行空，题目越扯越远。他最喜欢谈论的是有关人类存在的比较深奥的哲学问题，他用最长的连环句式，一开始他会停下来看看我是否听得懂，熟悉了之后，他就完全不顾我的反应，我多次后悔没有用录音机录下那些精彩的言论。

奥斯特对中国并不陌生，他在《神谕之夜》中就写了开纸品店的中国人老板；《月宫》本身就是一家中餐馆的名字，里面描绘了一个中国女孩；他还和中国导演合作拍过一部名叫《烟》的电影，更何况他住在中国移民集中的纽约。中国读者也非常熟悉保罗·奥斯特，在当代的欧美作家当中，少有其他作家像保罗·奥斯特一样，作品在中国被如此密集和大量地出版。此书在中国出版无疑是中国对他诗人地位的肯定。

如果说"经验的不可测性"一直是奥斯特一再深究的主题，在他的每一个篇章之中，巧合与偶然填补着生活的缝隙，同时又以一种既成事实的形态强化了命运与人生的走向，那么，这本书的诞生本身就是一个比任何虚构的故事更像虚构的故事，但同时，它又是真实的发生。

2019年7月4日
谢炯　于纽约

墙上的字
1971—1975

白夜

没有人在这里
躯体说:任何说过的
其实都无法说。没有人
只有躯体,躯体说过的话
没有人能听见
除了你。

大雪之夜。谋杀在
森林间重复发生。笔
划过大地:不再明白
将发生什么,拿笔的手
已经消失。

但是,它仍在写。
它写道:最初,
在林间,有个躯体从黑夜里

走过来。它写道:
躯体雪白如大地。是大地,
而大地写道:万籁
俱寂。

我已不在这里。我从来没有说过
你说我
曾经说过的话:但是,躯体里面
无物死亡。每天夜晚,
从树林的静谧之中
我的声音
走向你。

矩阵与梦境

细微之物,被夜

叼走:

地底的呼吸声

穿越冬季:深藏的字

明灭在音律和缝隙间的

矿灯。

你路过。

在恐惧和记忆之间,

你玛瑙般的脚印转为殷红

童年的尘埃。

饥渴:和昏迷:和树叶——

从不再懂得的缝隙间透出:没有签名的信

埋葬在我体内。

晾衣线上的白色床单。麦秸

在麦田中折断。

废墟中飘出

薄荷的清香。

内部

被攥紧的

全部他者和一个整体,

和每一个在场的事物,仿佛这是最后的

遗言:声音嫁给了

死亡,生命在我体内

消逝而去。

百叶窗合上。旧我的

灰烬,清空了

我尚未占有的空间。光

在房间的角落里

渐渐长大,仿佛

整个房间都已被搬走了。

夜重复着。一个声音对我倾诉

最微小的事物。

哦，不是事物——而是事物的名字。

当那些石头——

没有名字。羊蹄的嗒嗒声

漫过正午的村庄。金龟子

埋头在它自己的屎塔堆里。远方，紫罗兰的

蝴蝶成群结队翩翩起舞。

在无法形容的诗句中

在无法言说的

窒息中

我找到了自己。

脉息

这已褪去的

将在日子的另一边

靠近我们。

秋天:一片被光吃完的

叶子:碧绿用碧绿的眼睛

凝视我们。

当地球继续转动,

我们也将成为那道光,

哪怕光

以叶子的形状死去。

渴望的眼眸

在饥饿的日子里。

我们尚未成为

未来的我们。一棵树

在我们身体中扎根

然后在我们嘴唇的光中生长。

日子将在我们之前站立。

日子将追随我们

进入日子。

书记者

名字

从来没有离开过他的嘴唇:他说服自己

进入另一个身体:他再度发现自己的房间

在巴比伦塔里。

就这样写道。

一朵花

从他眼中落下

在一个陌生人的嘴里开放。

一只燕

和咽同音

无法离开她的稚子。

他在碎片中

发明了孤儿,

他将举一杆

黑色的小旗子

写满冬天的谜语。

这时是春天,

在他的窗下

他听见

一百粒白色的石子

变成愤怒的夹竹桃。

合唱

燧石轻擦
你拖着梦幻的脚步跑过
野草茂盛的战场:

一小片
再度朝我们逼近的大地,被哨笛的
尖叫声碎裂。
你被劈开,碎成千万粒,
在你最极端的
异己的言辞中,碎裂。

缓缓地
你将手指插进我的伤口
从那里,我的声音
逃逸。

子午线

整个夏天
我们黝黑,堆沙的手,
发出炫目的光亮:你的石头
崩塌成沙,被我们堆回
成生命。

在我紧闭的黑色嘴唇后
一颗早起的星
在荆棘的地狱里光芒四射
将你烘托,无瑕地
朝向清晨,将你的影子
覆盖上名字。

黑夜的节奏。浅薄的空虚。
走近。

雷克瓦纳[1]

螺旋轨,锈迹,

记忆:再度无法承受,再度,

漫过

你铁锈色的大地。眼睛

无法控制让什么进入眼眸:它总是

必须为了拒绝而拒绝。

在春分严冻的

季节:你将拥有你的名字

但不会更多。被压缩进发红的窄小的种子,

一切都在

反驳你,你火热明亮的芽

将再度

脱壳而出。

---
[1] 雷克瓦纳是美国宾夕法尼亚州中的一个县,多山丘,著名的帕克那山便在此县。

谎言。法令。1972①。

想象吧:

征召的法令

在污秽呻吟的地狱

和遥不可及的天堂中间

及时地开战。

想象吧:

即使到现在

他也没有后悔

他的誓言,即使

直到现在,在无人见证时,他抖抖索索地

蜷缩回刚被救活的王位。

想象吧:

那些被谋杀的人

---

① 1972 年美国总统尼克松上台执政,开始了动乱的美国越南战争年代。

咒骂着,在下面燃烧着

用他们生来的卑微和沉默,匕首般插入

他嘴巴两边

的细缝。

想象吧:

从第一天的夜晚起

我就告诉过你

那不朽的

短促的

人类反抗的导火索。

黄道。巴黎大堂[①]。

你是我的残缺。

每当我呼吸,你便在

一个说服自己

回到这里的字眼中找到我。

沉默

是蹒跚踉跄,

是骨髓中的娼妓狡黠的味道——饥饿

是我的温床。

仿佛在任何一章

《以西结书》[②]的愤怒中

我都发现,"生活,"和

---

① 巴黎大堂是巴黎市中心的一个区,曾经为最大的露天农贸批发市场和红灯区,1971 年改建为地下购物中心。

② 《以西结书》是《希伯来圣经》中的一部先知书,为《圣经·旧约》第 26 卷,描述以西结在被掳中看到的异象及其对以色列的预言。

"是的,"他对我们说,

"我们在血液中

活着,"不过是你

接近我的方式——

仿佛某个

肉眼可见的地方:一块北极的石头,苍白如

精液,从你的唇角

滴落,火焰般的短句,一句接一句,

从你的唇角滴落。

诫命：长距离之后

夹竹桃和玫瑰。大地另类空气的
瓦砾——蜂鸟在苍鹰的翅影下
飞翔，从每道墙的缝隙间，
八月打开大地，
仿佛一块石头割破了阳光的墙。

山峦。山后小镇中的
阳光。小镇躺在
光的另一面。

我们做着梦
梦见自己没有做梦。几小时后
我们醒来
又在覆盖我们的寂静中
睡去。夏天用粉碎的方式
恪守誓言。

天路行粮

你将不再抱怨石头,

或在石头之外

寻找自己,说什么

在你的脸

变成石头之前

你根本不再渴望它们。

在你身前

和身后,在随同白昼一起移动的

黑暗中,你几乎完成了

呼吸。而你的眼睛,似乎看穿

生命不过是一场到达欲望之都的苦旅,

终将在禁锢你的声壁上醒来,

而你的另一个声音,却将带你到

遥远的爱情圣地,

在那里你躺着,接近更明亮的

死亡的恐惧,和那块

你将变成的石头

对话。

静物

大雪纷飞。在富饶的

最下层的白色,

记忆

在你的失落上添加上一步。

路啊,何其漫长,

我本应与你同行。

祖先

我呼吸你。
我冷静地让你走出我。
我用友情的光芒麻木你。
我用灾难的渣滓哺育你。

天空将一颗流浪的星
别在我胸口。 风在呼啸
橡树林里,沉沉的夜迷失。
远方。

我追捕你
到悲伤的边缘。
我吮吸你所有的力量。
我抗拒你
我神化你
将你变成无物之境

和无人之躯

我成为
你的必需和最粗暴的
后裔。

爱尔兰

烧光了泥炭①,被岸遗弃的你,

你,更加裸露的你,沐浴在

深谷墨绿的阴影,我的鬼魂

从石头的嘴里取出

灰烬——给我沉默,

让我肩负乌鸦的翅膀,让我再度

穿过这里,呼吸

这荡漾着你的耻辱的糜烂空气。

让我摧毁你吧,

让舌尖刺穿我们收获的果实,

和无情的万顷冷漠。

---

① 爱尔兰约有六分之一的土地面积为沼泽地,土壤里含有半炭化植物。将水放干再挖出地面的这些土块,经过太阳及风干燥后,成为块状的泥炭,是乡间常用的一种燃料,既好用又省钱。

多棱镜

地球时间,石头

滴答在

尘埃的虚空中,飘游的空气

远离故土。铁丝网和道路

被抹去。从

我们发烧的肺叶中吐出的最初的种子

在水晶丛开花。我们殷红的呼吸

将自己折射出无数形象,甚至

连我们都无法看懂自己。仿佛光

在光柱间

行走

有时我们呼叫死亡,

但我们的生命终将开花,

甚至开出

如此不灭的火花。

墙上的字

没有比无更少的乌有。

从夜晚的乌有中来,
因为无人
在不到来的夜晚到来。

白色边缘上
站立着说话者
看不见的东西。

或者一个字。

从乌有中来,
在无人到来的
夜晚到来。

或者是一个字的白色,

被刮入

墙。

十月的描述

被砍伐的幻觉橡树林

挺立在温暖神圣的北方,挺立

在鲜血之中——

成熟的葡萄园

浓郁醉人的空气。远处,

比我们更醉的

一只喜鹊在旋转

翅膀扑腾穿过我们的影子。

来吧

拿走我为你托举的

那枚悲哀的硬币。

盟约

无数的眼睛
成千上万,塌陷在瞳孔深处:无形的
伟大神圣的形象。

螳螂肺的我们,
雇佣兵,活在灌木林和瓦砾之中,
掰开随身携带的面包干,一步一步
潜入盲夜。于是,我们
懂得了如何将自己
变成乌有。

有些东西失落后
成为被重新发现的东西。
一个名字,
随着改变万物的尘埃,甚至
不发声。山野

弥漫着动物的气味

受伤的野兽循迹归洞。

整夜

我读着你哭泣的内壁上

突出的盲文,在世纪初沉重的破晓时分,再度

爬上你,我所有的骨头

开始敲击,

敲击心灵的鼓声

直到粉身碎骨。

从影子到影子

背靠夜晚的厚墙:

影子,篝火,和寂静。

不是寂静,而是寂静之火 ——

影子

被呼吸雕出。

若要进入这堵墙的静寂,

我必将自己留下。

普罗旺斯:春分

夜之光:骨头和呼吸
透明。我们途经的
就是我们存在的中心——山野
在空气中崩陷。

你孤独地
躺在死胎般的地球的
最底层,也许你可以
梦得更远一些,也许可以告诉我
那些燃烧在我们体内的,稠密的,
泥浆般的种子,
可以平息缓慢的,青春的苦闷
挣扎着穿越
辽阔的,脱轨而去的星空。

象形文字

墙的语言。

或最后一个字——

切割出

视野。

五月。所罗门印章[①]变身

为石刻图。喃喃自语的道路

走向厄运,和花粉的记忆,和种子

缠绕,旋转。没有出现的

伊甸园。留在

那张梦见你的失望的嘴里吧。

雷鸣和荆棘:鬼鬼祟祟的空气

挽着金雀花般的闪电和下面

[①] 所罗门印章是本地林木植物的名称,中文称为玉竹。根部断痕类似犹太国王所罗门的封印或希伯来文字,因此被称为所罗门印章。

每一片凝固的天空的沉默。希伯来人的血。或那些
将我的躯体变成大地形状
的东西。

这把刀
我紧按在你喉咙。

白色①

对那个淹死的人来说:

这一页,如同

被抛掷进茫茫大海的

瓶中的一页。

因此

即使天空

开始观望大地,大地的回声

也会扬起风帆航向他,

带给他雨的记忆

和滴答入水的雨声。

因此

他将懂得

---

① 此诗纪念犹太诗人保罗·策兰(1920—1970)。策兰是集中营的幸存者,以《死亡赋格》闻名于世,被称为20世纪最伟大的德语诗人,后在塞纳河上的米拉波桥跳河自杀。

即使洪水已从高高的波峰

退却,四十个白昼①

和四十个黑夜都不会将白鸽

送回来。

---

① 来自《圣经·旧约》中方舟的故事。挪亚在方舟中度过了四十天,方舟外洪水滔天四十天。在离开方舟之前,挪亚先派白鸽出去探视,白鸽叼回来一根橄榄枝,挪亚知道洪水已经退了。

地平线

你发誓离去,
你熔化自己,你的
悬崖缀满黄色的金雀花。

我的呼吸
碎入你。我是
一颗粒子
助你完整。
我是尘埃——悬浮

在你的第二空间,在你的蓝色中,
我成为清晨蓝色的
虚无。

那些说到一半的话
堵在我们疯狂的肺中,欲望

添薪加柴,而字将载着我们

远离自己——

这里,坚硬的大地

暴雨般砸向我们,风之锥

穿梭而过。

上升

从最深的渴望中

梭织出的这个字,

成形于今晨和昨夕

的蜘蛛网,却永远无法找到远方

和再远方固定的家。

你,从隔离区①黑暗的嘴里

蹦出来,

我母亲的母亲啊,历经春天的黑蜘蛛

和第一场冰雪

严酷的洗劫。

海湾中,驳船和煤炭等待

出发:钻石

和犹太人,和露水渗透的叶片,

---

① 指第二次世界大战前欧洲城市中的犹太人隔离区。诗人的祖母在犹太隔离区长大。

被异教徒升起的灼热太阳,

被失落的俄语——不可知的——你的

语言,也是我的语言

割破。

写在云母贴面的羊皮纸上,用

生命再度旁注死亡,

再度活成生命,之下,之下的之下,和之前,

呼吸,因此,有了方向,

是的,无处容身

真实就是

赢,输,并

重新塑造:

安息日的蜡烛

从你的喉咙扯去了,燃烧在

给我们自由的严冬——我

从未放下过武器:

冰川,

融化于无眠的

白夜:

每一镐打入石矿

每一石掘出大地,一颗星已日渐

黯淡。

南方

刻吧,直到刻成白色——铜的心
和天堂一般地
渐渐进入的
冬天。

不要忘了
我无梦的人啊,我也是在
雪飘下来之前来到了
人间。

田园

在青苔和等待的腹地,

很少有等待这样的字,一切都

不会是:青苔

依然等待着你。字

是你提进森林深处的一盏灯

甚至连根都透着

光,因此至今为止,你的声音

依然穿越根,因此

每当斧头落到你头上,

你,必定知道自己还活着。

纵火者

燧石时分。笨重的石头围绕四周。
心贴着心,我们
在野舟中
荡漾
潮湿的夜流逝。

不会留下什么了。冰冷的眼
打开了冰雪,
仿佛火
吞噬了你难以说出口的字。我的世界
便是你留下的样子
只有
穿过你,你的躯体
我才能进入这个世界:这个
匮乏一切的地方。

度数之歌

冬至的
空停车场。阳光倾注,
你却只愿换取废墟。高耸的沙丘:
吐出一个祈祷——请远方带来
你的名字。

你。哦,
还是你。一串脚印
走过的地方:曾经的多
已不再算多:永远都不够多。帐篷
打开,扎营:石堆中,梯子
竖起:篝火
神秘的光环。你,
我们。大地从来不曾要过
任何人。

那么，

就这样吧。

这样更好——这么多字

在你流浪的膝盖旁排列，

喃喃自语，却无法唤回家园。

即使你以你兄弟的面貌出现，

你都无法超越命运的安排：没有

天使可以拯救

你的名字①。

米尼玛。记忆

和奇迹。在每个

你停留休憩的地方，

---

① 这段讲述的是《圣经·旧约·创世记》中雅各的生平。以撒生了一对双胞胎——以扫和雅各，雅各是弟弟，他抓住哥哥的脚踵出生，雅各这一名字的意义就是"抓住"或"欺骗"。雅各的一生非常坎坷，他假冒哥哥以扫骗取了父亲的祝福，被追杀后，他不得不背井离乡。坠入爱河后，被他的岳父骗了二十年才得以回到故乡。有一天他和上帝"摔跤"，赢得了上帝的祝福，上帝为他改名为"以色列"，他是以色列人的祖先。

我们将为你建造城市。夜晚

我们用星星堆砌了墙,

你的灵魂

不会再离去。

火之语

你辗转。你崩溃。
你站立。

钟摆摇晃,冬青树丛中
传出的十二响敲击声
比你更寂静,有时,有人
让它们一直响着,救你出煤矿。

你再度
站立在那里,在幽灵般的阳光下
呼吸,在冰雪和白日梦之间。

为了你,我走了那么远,
回声早已不再
属于我自己。

堕落

大地微启。

紫藤:枝叶茂盛。

夜色清浅,融入

正午。

我对你说

那些浸没在死亡气息中的字。

我对你说

从地下掘出的果实。

我对你说如何叙说。

豆沙色。埋在裂隙中

直到成为人。 每日欢快的祝福

——被人们分享着。椋鸟的路径,

蛇的沟渠,种子。快速上升的

火苗。 而火已熄灭。

已被你带走。

已是你的了。

一个人

从声音中走出来

成为我。

他已消失。

他吃掉了那个烂透的字

那个杀死你的

杀死你的字。

他已发现自己,

站在那个地方

眼睛可怕地紧盯着地面。

晚夏

北极光，整夜泛滥在
哭泣的眼睛。以足以粉碎骨头的
意志力，我们
数遍血液中流淌的石头：昏眩
在语言缺氧的高坡。

明天：是一条开满
金雀花的山路。阳光
跳耀在岩石的缝隙。轻快地。
仿佛我们可以
一口气直到终极。

根本没有乐土。

赫尔克利特[①]

大地,可靠的绿色,

空气中膨胀的压缩煤,冬天

点燃了地底的火,仿佛所有的空气

不停地进入

我们绿色的瞬间。我们明白

我们得救了。我们明白

大地绝不会吐出

一个小到能托住我们的字。因为好的字

只是空气,在我们每个人

都将成为的余烬中,它带来的

将不是恐惧,而是生命。

我们因此将被命名为

我们现在不是的一切。无论谁

在未说出的话中

[①] 赫拉克利特(前540—前480),古希腊哲学家,爱菲斯学派的创始人。生于以弗所一个贵族家庭。相传他生性忧郁,被称为"哭泣的哲学人"。他的文章只留下片段,爱用隐喻、悖论,致使后世的解释纷纭,被后人称作"晦涩哲人"。

看到自己,

都明白为什么害怕

地球会变成

我们现在的样子。

盲文

可读的大地。骨骼

的干净表皮,

可怜的空气中,红润柔软的云朵

转身离去——无法再读。

"你停留在这条路上的

那刻起,道路

便将消失。"

而你知道

我们是两个人:你知道

从所有这些新鲜的空气中,我已找到

一个让字

放纵的地方。

九个月更黑暗,我的嘴

坦荡荡地进入你的嘴

九条命更深邃，哭声却

依然相同。

野蛮人

重新结合成

男人和女人的骨灰。

天空孕育着苍白,直到

我在铅灰的斜坡上

看见他们。五月的葱翠:据说,

眼睛可以听见。字

混合着雪,没有

暗示哪个月。 我喝着

他们不肯给我的酒。我站着,也许,站在

你曾站过的地方,将一切

拽入另一个世界。

眼睛的自传

　　　　无形之物,根植于寒冷,
　　　　朝向笼罩万物的
　　　　光芒。没有尽头。时光
　　　　回到我们开始呼吸的初始:仿佛
　　　　什么都没有,仿佛我什么
　　　　都看不见,
　　　　看见的也不是它的本质。

　　　　在夏天的极限
　　　　和温暖的空气中:蔚蓝的天空,青紫的山脉。
　　　　生存的距离。
　　　　一栋房子,空气造出的,
　　　　流动的空气造出的。

　　　　如同粉碎落回
　　　　大地的石头。

如同我的声音

在你嘴里响起。

万灵节①

匿名和浮冰:十一月

唯一的名字就是死亡之舞,

从锄头与田畦破碎的句子

到沉重的屋檐——那些

崇拜铁锤的

四溅之物

淬炼

成血泊。

一次黑暗的输血

缔造的和平,蚕食

屠杀。

一命抵一命。

---

① 万灵节,天主教节日。纪念被认为是在炼狱中进行涤罪的基督教徒亡灵。

辐
1970

1

根与虫蛆纠缠着——光筛与雀心
同居一室。
高居在枝干和塔尖之间——字
藐视自己的巢;而种子,被更单纯的
囚室颠覆,拒绝坦白。
只有卵产生引力。

2

水中——干旱的不是我。一朵花,
一朵花定义了空气。
在井的深部,你的身体是导火索。

3

树皮不够。它捞起了
多余的碎石片,用石片
交换树液,用血液交换曲折的流水。
当叶面被戳破,在空气中
变得焦黄,那么还有多少片叶子,蜷缩着,
掩隐在狗和狼之间,
还需要等待多久它才会抡起斧子
展示幸灾乐祸?

4

没有水来灌溉树干,石头
从不浪费。
言语无法垫平沼泽,
因此你舞蹈,只是为了一个更明亮的沉默。

光切开了波浪，跌落，伪装——
风敲门，门销上。
我命名你为沙漠。

5

风镐砸入石头——痕迹渐淡
无法编成密码。
一场争执释放了它的字母，
而石头，受够于风镐的折磨，
记住了一场失败。

6

酣醉，白色聚集的力。
你沉睡时，太阳酣醉，仿佛一粒种子

在泥土下屏住呼吸,在炎热中做梦,

所有的炎热

都影响手的平衡,并催生

干旱的奇迹……

在你离开的每一个地方

狼因不会说话的叶子

而发狂。

去死吧。去迎接在大门口张牙舞爪的红色的

狼群:

嚎叫——或沉睡,太阳

永不坠落。

黑色的种子呼吸着绿。

7

红色的花,攀附在

开裂的根部和螺旋形的塔尖,

吮吸有限的营养,

吸回将字连上脚步,

将过失打结在舌尖的咒语。

花将是红色的

当第一个字穿破纸面,

花将在泥土中茁壮生长,成为鲜红色,

如麻雀受伤的喙,

流着血,从同一个地球

飞入钟声。

8

麻雀和无名鸟之间:

猎物。

上帝从它们的缝隙间逃遁。

9

每一条轴都使得棘轮苍白,名字逃亡的
春分:棘具
卡入棘轮——天庭流转,交换着
苛刻的狂风。
停顿,修复。 微风
滋养了机会:呼吸,开花,轮子
将字入了大地。重新跳起来吧。
在垂死太阳冰冷的怀抱,
用双眼抚摸大地。让歌声
在脚步中升起。

10

余晖闪烁在

天空暗淡的嘴唇 —— 尚未被彻底吞噬的灯

渐渐熄灭：麻雀

和无名的鸟之间

站着猎物——烟，

柔软的煤，不是群鸟的翅膀；

振翅时，烟与光

混合—— 在麻雀的记忆中，

烟使云飘入梦乡。

11

观看是另一种折磨，

是为被看者的痛苦支付的代价：被说的，

被看的,包含在

不说之中,而一粒声音的种子

埋葬在一块任意的石头中。

我的谎言从来不属于我。

12

进入枢纽,外壳塌陷,

成为泥土和岩石的一桩笑话。

成为树枝冒出来,侵犯,驱赶

体内冒泡的絮语。

冒出来,等待未来的

爆炸——城市在根上,在地契上,毫不妥协地

被铲平。离开吧。 枢纽

是一场欺骗。 它根本不转动。

13

卵子不让弃权，不让他
去到她人的钟声。最轻的
击入，在哀号开始之前，
在眼睛消耗了灯光更绵密的诡计之前，发生。
进入语言，进入
它的诞生，如果它开始破裂，
开始堕落和矛盾，
你的世界将永远遥远。

出土
1970—1972

1

你的骨灰中
淡若无痕的,荒芜的歌,
惊醒的根,异类的眼睛
——和无所适从的手,一起将你拖进
城市,绑在粗话的绳索上,
什么都不给你。你的墨水于是学会了
墙的暴力。你被驱赶出来,
却总是进入兄弟般的宁静,你用石头
雕塑了隐形的世界,并在狼群之中
找到位置。每个音节
都是一场破坏。

2

枷锁，白色，乐土

的花朵： 你收集的一切，都将在呼吸的瞬间

崩溃。为了一个字

我们一直不敢呼吸，为了让一块石头

在我们的饥饿中迸裂——愤怒，

骨髓中的浩劫，我们就是虫蛆。墙就是你

唯一的证人。 尽管被我拒绝，

你却从不浪费，

你蔓延在每一张未写的白纸上，

溢出： 如白色的哀号。

3

盲然的道路

蚀刻在你掌心：带你走向

被你出卖的声音，它将流血，

再度，在昏昏欲睡的盲文尖叉上流血。

它将吹散我的犹豫，

照亮凝聚的空气。你的身体

就是你丈量的负担，和沉甸甸的火

一起行走吧。

4

预言的嘴唇，熟谙的

形象。沉默的人，

充满好奇地等待着死亡的智慧。

诅咒漫过

预言：呼吸冰川带刺的玫瑰，

直到生命归于眼睛和荒芜。

我们只需要准备好。

从一开始起,我们的声音

便和地上的石头同出一辙。

5

夜,仿佛可以尝到

内在的黑暗。而我们的每一句谎言

都懂得将舌头缩进

自己的毒汁。

我们将睡去,肩并肩

体验饥饿,从争夺来的果实开始,成为

自己的命名物。仿佛罪恶,在我们的梦中,

在寒冷中成熟——而那些

黑色的,摇晃不已的树干已倒下

带走星空的往事。

6

失控的

大地的洪水——

种子枯萎,预报来临——你开始讲

记忆中的胡言乱语,然后去到

眼睛看见的地方。

你的道路消失:自从

你割破自己的血管,树根便开始重复朗读

石头的屠杀记。你将活下去。你将在这里

建造你的房子——你将忘记你的名字。

地球是你唯一的流放地。

7

蓟枝,被热浪浸泡,

荒芜的字激发了你——对着

空空的矿井大声喊叫。

那里,灯会溢出,

会渗透我们头顶上缭乱的树枝。

即使离你很远,

当我走到北方,进入自己的身体,

我也能感到它在我体内

横穿而过。

8

没有人会多看一眼,

除了你的爱人,边缘上

预排着你的死亡,

预排着裸露的讽刺,和那些

将看见你的人的双手,仿佛,某一天,

你将为他们唱歌,在铁砧更长的沉默之中,

将命名他们,如同你所希望的:太阳

命名一块被天空鞭挞的石头。

9

光的痉挛之间,

脆弱的蕨枝,黑暗的

灌木丛:你耳朵的迷宫

等待闪电:等待巴比伦的咆哮,

等待沉默。但是你听见的,不会

是自己徘徊的脚步。

脚步,在撕裂的天空下,保持了完整的距离。

大地在你的唇间开裂,你看见

坠落的星星挣扎着爬回你身边,

带来地狱的礼物。

10

冰——意味着世上
没有奇迹,如果有,
什么是奇迹——你就是方法
和伤口——冰的出口,迟钝的地球
最后的飙音,乌鸦成群结队前行。
无论你走到哪里,绿都会和你说话,并留步。
冬季沉默,直视春天。

11

你是第二个地球的卷轴,被我
燃烧的手缓缓展开。
你名下的天空—— 一望无际的

蔚蓝:天空

翻滚在麦浪上面。

不要问了——没有必要。不要说了——

看吧。一队队失败者,

我为他们撕裂了手鼓。你的另一个生命,

在这个生命的灯丝内

闪烁。面包没有烤熟: 瞳孔

没有慰藉。

12

风中涌出光

哦,不,光倾泻到

墨绿伤痕的瞬间。你问,

这是什么地方,而我,顺着你拉开的细缝

看出去,告诉你:这是森林

和它对自己的记忆

这脆弱的

树木,在我的血液中漂流,搁浅在

心的废墟。你所问的,

我将把它们说出来——从这一刻起

我已学会了

只给你乌有。

13

另一个我:影子的孪生斧头,

在最恐怖黑暗之时,辉煌地诞生了——而

我的存在就是你的磨刀石。

刺耳的声音,如火星一样

尖锐,如来自淤泥,来自

炎热的早晨朝上涌动的蔓草——我们

将成长为这些事物的一部分。最终
无形,如血液,
暗涌在疤痕下面。如这些未流产掉的
和我们一起呼吸的事物,
挺立在猥琐的,破碎的光晕之中。

14

从一块被摸到的石头
到一块被命名的
石头:地球:无法进入的
余烬:你
会在这里睡去,一个声音
停泊在石头上,穿过正听着
烧毁它的火焰的空荡荡的房子。你
将开始。从灰烬中

拖出你的身体。并担负起
眼睛的重荷。

15

河水喧哗,冰冷。一个残余
的悲伤,融入
尚未命名的事物。
驳船发动了,淤泥,秋天。头顶上的
蓄水罐,水草拖出的
尾流和串串的泡沫 ——当一间木板房,
两次,漂浮过你身边,避难所
被捞起
在双眸中洗清了
祝福。

16

变大的祈祷者——
站在幽灵描写的某个场所,
站在你将不再站立的景物中——化石的
旋转碎屑
重新塑造了你。
他们用地底下嘲讽的颂歌
滚动你,用万千句谎言出卖你。从每一道
白昼的光线中,你提炼冷漠为
武器,另一朵贫瘠的花在内部开放。
(变大的祈祷者——呓语,如同
在洞穴石壁上摸索割破的手掌):无论
我在哪里找到你,蜂拥出洞的
沉默暴民——大声喧哗着
涌入时间。

17

我们黑暗的,自由的
四十个流浪的帐篷生涯①
——那些闭眼即成
的形象。那些到处流浪
的形象感化了你:
(自由的风沙,——
传送着誓言,
——另外一些变成
沙漏中的时辰,使记忆
沉重)。而我的
掌心——(仿佛,黑夜之后的,——黑夜)
——握着你取来就是为了给掉的:

---

① 指《圣经·出埃及记》中摩西带领犹太人离开埃及的奴隶生涯,在沙漠旷野中流浪了四十个年头,才找到家园。

这条哭泣的沙路，一粒

接一粒，无边无沿的

沙漠旷野，燃烧

在你唇角的

暴力。

18

微弱的晨光：你变暗的

灯圈：无声的

空气：一朵圆形的玫瑰，折叠着

灰烬的花冠。从最小的太阳开始，

你攥紧伤口：柔和明亮的苍穹：真实的种子

在你空空的掌心中，使你

更加迟钝。这一刻之后，眼睛

将教会你

渴望。

19

从田野中

冒出来——从追踪我们的

日子中,你将再度

看见大地:回声的沟渠

已经关闭,因此,新一轮的生命

将从镰刀的咔嚓声中

救赎你。算上我吧,那么,

用你的话来说,没有什么会真的改变,

即使在这样的日子里,

肩并肩,紧挨尘土,在刀刃把高高的草垛

搬走之前。我是空气

结结巴巴的残物。

20

夜晚,半下降的旗子

拖过桑葚和地衣:无法预告的

未来的旗子。

乌合之众

爬出你的头颅——成双地

越过门槛——成为

你的丧钟,以及其他:你

却永远听不见。城市上方,燃尽的星星,

被你从语言中驱逐,它们转身,

与你作对,撤销

纵火之眼

默默的证词。

21

老鼠从你梦里醒来

模仿欲望爬行。

我的声音重新回到

诞生一切的饥饿,渴望和一块

红墙上的砖头交媾:心

啃食着,却不知它吞噬了什么;剥了皮的舌头

吱吱作响。我们躺在

大地最深的骨髓中,倾听

天使的呼吸。

我们的骨头已经筋疲力尽。

只要黑夜发言,

未出生的儿子便在星辰间的

耕耘虚空。

22

死者依然死亡:他们中间

是活着的人。所有的空间,

和所有的眼睛,被脆弱的工具猎杀,

被他们的习惯局限。

呼吸便是接受

缺乏空气的现实。唯一的呼吸,

镶嵌在记忆的裂缝间,镶嵌在

争吵崩溃的错位中,没有它,地球

也许会被赋予更强烈的预兆

毁灭石头的果园。

连沉默都不来

追扰我。

23

免疫于雾对灰色

的渴望,和仇恨,和屋檐下的

喃喃细语,白昼——

漫长,使你挨近我。我们

知道太阳只有在喝醉时才会

从关闭的窗格细缝间

转进来。 我们知道更深的空虚

只有在海鸥收拾了

它们自己的哭泣

后才会产生。我们知道它们

也懂得赢取一切不过是

海市蜃楼。

因此,我们等待,

从我拥有你的第一个小时起。我的皮肤,

在阳光中颤抖。

阳光,在我触摸下粉碎。

24

非人的声音,陌生的

坠落,在明亮的

双眸中迅速集合。你手上的静脉

尚未恢复,这是一根

由墨水编织的绳子,痛苦地穿过

手掌——将这样的形象

带给我们:洞察秋毫的

僵尸,在镜子中的

绞刑架上歌唱,眼神

比石头还要沉重,

抛向

四月的

冰层,你的

生命之井的底部响起钟声;一只眼,

然后,另一只。直到秃鹰

的内脏塞满了词,夜

将是你的猎物。

25

游牧民族——

直到不再是,直到在你嘴唇

的囚室开花,成为

你:你阅读

骰子的寓言:(这是

流星的字,光在我们之间

涂鸦,而我们,最终

都拿不出证据,我们无法生产
石头)。死——和——死亡
现在是你的名字。仿佛在说,
无论你走在哪里
沙漠都与你同在。无论你搬到哪里,
沙漠都是新的,
都与你同在。

失踪
1975

1

出于孤独,他重新开始了——

仿佛这是他
最后一次呼吸。

因此现在

他第一次呼吸
并挣脱一次的桎梏。

他活着,因此什么也不是
除了那些淹没在两只深不可测的
瞳孔中的,

他所看见的

全都不包括他:一座城市

以及一些无法解密的

事件。

因此有了石头的语言

因为他知道一块石头的一生

会让位给另一块石头

会造起一堵墙

而所有这些石头

将形成庞大的

粒子综合体。

2

这是一堵墙,一堵死墙。

无法读解的
郁愤的涂鸦,以生命的形象

和生命之后的形象出现——

很多人在这里,尽管
从未诞生,
那些人会开口说话

让他们自己诞生。

他将学会这个地方的语言
并学会闭嘴。

因为这是他的怀旧方式:一个人。

3

为了听见跟在一个字后面的
寂静。喃喃自语

的小石子

拥有了地球的形象,那些会开口说话的
将成为无

除了声音飘荡在
空气中。

他将描述
他在这个空间看见的每一件事物,
他将告诉那道在他面前
不断长高的墙:

为此,将有一个声音,
尽管不是他的声音。

哪怕是他在说话。

并因为他在说。

4

有很多很多——他们全都在这里：

他数过每一块石头
却漏了他自己，

仿佛他，也可能第一次
开始呼吸

在将他和他自己分割的空间里
呼吸。

因为一堵墙就是一个字。他没有漏掉过
墙上每一块成为字的石头。

因此,他重新开始,
每一刻他开始呼吸

都感到不再有下一次
——仿佛在他生活过的岁月里
他能够在每一件

不是他的事物中发现自己。

他呼吸的是,因此,
是时间,他现在懂得了
只要他活着

他便只能活在那些活着的

并将没有他而继续活着的

事物里面。

5

在墙的表面——

他神化了庞大的
粒子综合体。

这就是乌有。
这就是他的一切。
如果他真的是乌有,那么让他开始
发现自己,像所有其他人一样
学会这个地方的语言

因为他,也必须活在寂静之中

活在他这个字出现之前。

6

对于他看见的每一件事物
他都将说出来——

紧靠在
一起的无数的石块,
甚至在死亡的片刻——

仿佛不是为了其他的理由
仅仅是因为他要说。

因此,他说,我,
在他排除的一切事物之中放入他自己,

一个乌有,

因为他是乌有
他能够开口说话,可以说
无法逃避

从眼睛中诞生的字。
不管他是否
能够说出,

都无法逃避。

7

他是孤独的。 从他开始呼吸的片刻,

他即不知身在何处。多次死亡,并诞生在

巨颚中,一次。

造墙的字
来自生命最深处的石矿。

他所说的每一件事物
都不是他——

尽管不是
他说,我,仿佛他,将开始
生活在他人的

不是他的皮囊里。因为城市是野兽,

它的嘴没有

困难

它从不吞咽

自己的字。

因此,有很多的

很多的生命被打磨成

墙上的石头,

而他将开始呼吸

将学会他无处可去

除了这里。

因此,他将重新开始,

仿佛这是他最后一次

呼吸。

因为没有更多的时间了。而末日

已经来临。

肖像
1976

1

桉树的道路:残余的苍白天空
在我喉咙里颤抖。穿过夏天的
镇流器

野草缄默
你的脚步也缄默了。

2

无数条光束。
每一个失落之物——一个记忆

记住从未有过的。山丘。不可能的

山丘

失落在辉煌的记忆之中。

3

仿佛一切

依然会诞生。眼中的永生,
眼睛在炎热的

噪声中看见:一只黄蜂,草蓟摇晃在

铁丝网尖刺上。

4

你留下来。你
不在那里。最北方的字,散落在
白夜

无形的世界——

仿佛一个字

风低吟并摧毁。

5

阿尔巴。无垠的,聚集的阳光。黎明的
钟琴云。船

系在起雾的船坞

看不见的。 即使它们在那里

也是看不见的。

来自寒冷的碎片
1976—1977

北极光

有些字

没有生存下来。谈论

使它们消失

在人世。无法接近的

光

飘荡在大地上空,点燃了

短暂的奇迹

在一双眼睛中——

而日子将伸展

如燃烧的叶子

穿过十月第一道凄厉的风

吞噬世界

在直接言说的

欲望之中。

怀念故居 ①

真正的北方。文森特的北方。

一瞥中的

天光。穿过大地的每一条缝隙

靛蓝的田野

在沸腾的星云下燃烧。

那锁在

你眼眸之中的,依然念念不忘的

故居:一把挡住出口的

空荡荡的椅子,父亲,缺席,

在描有紫色诚实花的

骨灰瓮中。

你将闭起你的双眼。

---

① 此诗纪念荷兰印象派大师梵高。

在你前面飞行的乌鸦的双眼里

你将看到你飞走

将自己留下。

东行

一个字,为

克努特·汉姆生①出土:

颠沛

在来自美国的血汗路上

高高地坐在被烈日烘烤的汽车顶

他治好了瘟疫:

如此漫长的路程中一直沉湎于

纯粹的无神论,文字

却无法给你

比自己的命运更糟糕的结局。

你

---

① 克努特·汉姆生,1859年8月4日—1952年2月19日,挪威作家,1920年诺贝尔文学奖获得者。主要作品有《大地的成长》《神秘的人》《饥饿》和《在蔓草丛生中的小径》等。

在广阔的情绪斜坡上体验饥饿

并开始,再度打破,你的

深不可测的字母之石。

时针

九月的阳光,毫无幻觉。

田野绛紫

沉浸在最初的清晨。你不会屈从于

这道光,或闭上你的眼睛

任凭它在你眼中

粉碎。

无垠的苍穹。你,

像所有的

生命,释放种子

和空气的顶针,分离云层

和蠕虫:没有结尾的句子吞没了你

在我开始缄默那刻。

那么,也许,一个

在肺叶中藏匿了许多秘密的世界,

一种只需呼吸

便能存活的生存之道。如果一无所有，

那么让乌有成为

影子

走入你的影子，身体将投掷出

第一块石头，那么

当你离开时，你将会感到饥饿

扑向你，感到每一小时，饥饿

穿越富饶的葡萄园

扑向你。

来自寒冷的碎片

因为我们失明了

在和我们一起失明的日子里,

我们呼出的白云

飘荡在

空气的镜子,

天空将只看见我们所宣告的:冬天

将是万物成熟的季节。

我们成为

另一些生命中的死者。

晨曲

甚至不是天空。

而是天空的记忆,

和地球的蔚蓝

充溢了你的肺。

大地

更渺小的大地:看吧

天空将包裹你,用你尚未使用的字

膨胀成无垠——一切

将不再丢失。

我是你的惆怅,墙上的缝隙

迎向狂风

和排山倒海的咆哮的

暴雨——和你给自己的世界

起的另一个名字:自己家中的

流浪汉。

黎明终结,父亲们
见证了,
白杨树和灰烬的飘落。
穿过火焰,我回到你身边。季节
到了最后的时辰,我于你
如尘埃,如空气
如乌有
将不再给你噩梦。

冥冥之中
我们的影子擦身而过。

见证

严冬的麦田

将我们吹到人迹杳无的地方,

在那些无名的白色野草下

我们的愤怒交媾。我,永远将递上

一朵地狱之花,告诉你吧

我在存在之外

睁开眼

在存在之外的

唯一的存在之中睁开眼

并免于你面对这不堪的障碍,并向你

证实我不再沉湎于孤独,

甚至不再靠近

我自己。

可见物

闪电,光轴从内开裂

蹦出冬天的夜晚:星辰

拖着长长的雷——仿佛

你的幽灵在天空闪过,燃烧着

进入针眼,艰难地穿过

乌有的锦缎。

流星

光,再度从我们身上褪去。

逃逸的,难以满足的

矿石的记忆

和家,仿佛这里,

甚至我们的名字,全都停泊在

寂静的冰川,犁过大地,充满渴望,

散落进我们之间的生命,如同

巴比伦塔尖掉落的

一块石头的

最小的

尘埃。

输血

焚尸炉的火光。或者大堆
血红蛋白的
跳跃——

以死相守的
亵渎之语,流淌在同样的血液中
你开放的心
依然凌乱。

脉息——
然后呢——(然后呢?)
——在隔离区狮身人面像的头颅中爆炸——
在那些放弃一切的人们的污秽
和高烧中。(像你,
他们依然徘徊,依然饥饿,依然被锁在

无体的面饼中①,依然

让他们自己感受):

仿佛,在日落和日出之间,

一只手挽起了

你的灵魂,和石头一起

掺和进地球的发酵剂②。

---

① 这里的面饼指的是圣体。在天主教教义中,基督用他的体与血,真正地、实在地隐身在面饼与葡萄酒的外形下,以非流血的方式自献于圣父作为祭物,并且把自己赐给信徒,作为信徒灵魂的"神粮"。这和犹太教教义是相悖的。

② 《圣经·出埃及记》第13章中摩西告诫犹太人:"这七日之久,要吃无酵饼;在你四境之内不可见有酵的饼,也不可见发酵的物。"

西伯利亚①

影子,被野狼推倒

切割成四分之一,半生在

每条铁丝网后,现在我看见了你,

魅力非凡的

极地的囚徒,现在我

开始告诉你

那些南部森林里

的野猪,那些灌木丛,

橡树林和密集的云杉,那些百里香

和薰衣草,还有

岩浆,从墙上的每条石缝间

喷射的岩浆,因此你,反抗的声音,淹没在

最冷酷的屠杀声中,也许会

从冰块上漂回来,带回

---

① 此诗献给俄国白银时代诗人曼德尔施塔姆。奥西普·曼德尔施塔姆(1891—1938),俄罗斯白银时代最卓越的天才诗人。著有诗集《石头》《悲伤》和散文集《时代的喧嚣》《亚美尼亚旅行记》《第四散文》等。

无法言说的

宽恕。

镜片

呈现吧

用你狂热的,黑曜石的眼睛,

用白色的

愤怒和镜子狗的狂吠,它直视你

直到你变瞎:

斯宾诺莎的上帝[①]

从言论的边界,几何形的旅途,

穿越流放地

的曲线,

危及另一个世界。

---

① 巴鲁赫·德·斯宾诺莎(1632年11月24日—1677年2月21日),著名的荷兰犹太哲学家,因不同政见被赶出社区,以磨镜片为生。斯宾诺莎不承认神是自然的创造主,其认为自然本身就是神化身,他的这个结论是基于一组定义和公理,通过逻辑推理得来的,其学说被称为"斯宾诺莎的上帝"。

隐秘

今天和我一起记住——证词

和反证词:撞开的黎明,从我紧攥的

拳头中升起;太阳的睫状抓;我在

梦的书桌上写下的

无边无沿的黑夜。

现在

可以来了,

你想从我这里拿走的一切,现在

来拿走吧。不要

为了忘记

去忘记。把你的口袋里装满泥土,

封上我的洞口。

在那里

我梦见我的生活

变成火的梦。

采石场

只不过是它的歌。仿佛

歌唱便能将

我们带回这个地方。

我们来过这里,又从未来过。

我们走在回到起点的路上,

迷了路。

光

没有边界。大地

没有留给我们歌。

大地在脚下崩塌的声音

就是音乐,在石头中行走

就是为了只听见

自己。

我歌唱，因此，我一无所有，

仿佛它就是那个
我没有回归的地方——

如果我必须回去，那么不要将我的生命
加入那些石头：忘记
我曾在那里行走。我内心
的世界

是一个无法抵达的世界。

面对音乐
1978—1979

信条

无穷小的

微小事物。不过曾经
呼吸在围绕我们的无穷小的

微小事物
的光中。或者说无物
可以逃离

黑暗的吸引力,眼睛会发现
我们不过是比我们更微小的事物的
综合存在。不用再说了。只需说:
我们的存在

取决于它。

现在时态的讣告

对他来说这一切都是关于——
他从哪里开始

他又将在哪里结束。蛋清，
眼白：他说
鸟乳，精子

滑出他。目光
日渐消逝，
抓住的只有一些本质，不再多余

也不会缺少，但无处不在，

所有一切。他什么都
不记得。他也不记录下来。

他缺席于
生命的心脏。

他等待。

如果他开始过,他将结束,
仿佛他已在鸟的

嘴巴中睁开眼睛,仿佛他从来不曾
在任何地方开始过。他在远处

说着话,在并不远于此处的
远处说话。

故事

因为现在发生的将不会发生
而已经发生的
将无休无止地重复发生。

我们现在和过去一样,但内在
已经完全改变,如果我们
谈论这个世界,
也不过是为了让这个世界

不被谈论。初冬:焦黄的苹果
依然挂在
裸露的树枝,雪地上,
看不见的麋鹿留下的

脚印,雪
没有停过。我们

从不忏悔。仿佛我们可以

站在这道光中。仿佛我们可以站在

这片刻之光的

寂静之中。

S. A. 1911—1979[①]

失落,恼人的

巨大失落——甚至失落了

智商。于是我想:不用节奏

或者理智。仅是等候。仿佛第一个字

只会在最后一个字到来之后到来,只会在毕生等候的字重新回来之后

到来。简单地说出

真相:一个男人死了,世界失败了,文字

毫无意义。因此只要求

一些字。

石墙。石心。血与肉。

---

① 此诗纪念诗人自己的父亲。诗人后来发现他父亲真实的出生年月是1912年,而不是1911年。

一切均如是。

或甚于此。

寻找定义
（观看布兰德里·瓦克·汤姆林绘画有感）

总是最微小的动作

在大于生活的秀场上
成为可能，成为一个

朝悄然路过的未知物
做的手势。好比，一阵轻风

吹乱篝火，那天，
我偶尔在博物馆的墙上

发现。几近空白：几笔随意的
白色涂鸦

在纯粹的黑色背景上划过
不过是一个除了自己

什么也不想表达的小手势。

但是这不是

在我看来永远不会成为

一个使世界更简单的问题，而是为了

寻找一个进入世界的方式，一种

屹立于

那些不需要我们的万物中

的方式——我们需要采取

与我们自己相同的措施。刚才

一位美丽的

女人

站在我身旁

告诉我她多么渴望有个

孩子

她发现她的时间

已经不多了。我们说
我们应该各写一首诗
题为《一阵轻风

吹乱篝火》。从那时起
除了句中的

微小行为,一切均没有意义。企图
解释行为的

话语

没有意义。到头来
我只愿意相信我看见的那些,仿佛
我最终可能看见自己

放弃那些几乎无形的

将我们以及所有未出生的孩子
带到这个世界来的

东西。
行与行之间①

石枕,荒芜的
样子。写在你掌心的,
道路。

家,并不是家
而是那些有福的和无福的人
之间的距离。而谁

---

① 讲述了《圣经·旧约》中雅各的故事。

冒充他的兄弟，谁便应该懂得

悲伤就是第七年头之外的

七个年头之外的

七个年头。

和将他的孩子们分成两半。

和在黑暗中与天使

搏斗。

有关我的记忆

很简单，停下。

仿佛声音一停顿

我即可开始，我自己

便是字的声音

我无法说话。

太多的沉默
被沉思的躯体带入生活,咚咚擂响的
语言之鼓在躯体里面,太多的字

迷失在我广袤的
内心世界,因此可想而知
尽管无意

我却在这里。

仿佛这才是世界。

基石

黎明即是黎明
的形象,一块朝内塌陷的
天空。无法缩小的

纯净之水的形象,
从大地的核心绽放出来的
光芒:只有光才能带来

如此的景观,一块石头
永生

在自己的形象中永生。

色彩的慰藉。

面对音乐

蓝。蓝中的

绿意,大朵大朵铅灰色的云

撑起空气,仿佛

只要想起雨

眼睛

便能在大地的任何时刻

掌握语言。

管叫它天空。就这样

描述

我们看到的一切,仿佛

我们失去的

只是一些主张。因此我们可以开始

记忆

坚硬的大地,星光点点

的燧石，起伏的橡树林

被狂风从天际

吹散，直到

最后一颗种子，揭示

我们之上的生命，仿佛

那里的蓝可以成为

这里的绿

铺展，重复

传播这种夏天最沉默的时刻

的奇迹。种子们

谈论这一刻，空气和土地

趁机蜂拥而出，

我们无知的

偶然的力量，仅仅谈论它

便得知语言如何

挫败我们,

只要开口

便什么都不对,

甚至我用蓝和绿的名义

激动地描述的

也消失在夏天的

空气之中。

无法

再听。 舌头总是

带我们离开我们应在的地方,而我们

无法在让我们看见的事物中

找到休憩地,每一个字

都是另一个地方,移动

远快于眼睛,甚至当这只麻雀飞行,

消失在无家可居的

空气中。我相信,于是,

在乌有中

这些字也许会给予你,我

依然感到它们通过我

传递给你,仿佛

这是我唯一的

愿望,这种蓝

和这种绿,同时表明

这种蓝对我而言如何变成

这种绿的本质,远远超过眼睛

看见的,我要你感觉这个

整日活在我体内的字,这种

不欲万物

独钟时日的感觉,和它在我的眼睛里

如何日夜壮大,比制造这种感觉的

字还要强大,仿佛

再也不可能出现另一个字

可以托住我

不让我破碎。

空白
1979

有些事情发生了，从它开始发生的那一刻起，便没有什么能够维持不变。

有些事情发生了。或者说，有些事情没有发生。身体在行动。或者说，它不行动。如果它行动，就一定会发生一些事情。如果它不行动，同样也会发生一些事情。

它来自我的声音。但这并不意味着这些话将和发生的事情一致。它来来去去。如果我恰好在这一刻说话，那只是因为我希望找到一种妥协的方法，与其他一切并列发生，并开始寻到一种方法来填补寂静，而不是打碎它。

我要求那些听到这个声音的人忘记它说过的话。重要的是没有人应该听得过于仔细。我希望这些话能够消失,或者说,回到它们本来的寂静中去,除了记忆,不要留下任何东西。 仅仅证明它们曾经出现过,现在不再存在了,并且在它们短暂的瞬间,没有阐述任何特别的事情,无非就是某个身体在某个空间行动的同时发生的一些事情,这些事情随着其他的行为一起行动。

有些事情刚开始,就已经不是开始那样,而是变成了其他,促使我们进入正在发生的事情的核心。如果我们突然停下来问自己"我们要去哪里?"或"我们目前在哪里?"我们会迷失方向,因为我们每时每刻都不再是过去的自己,而是将自己不可逆转地留给了没有记忆的过去,留给了一个被不断进入现在而毁灭的过去。

猜疑毫无用处。因为这是随机冲动的领域,是知识只为自己服务的领域——也就是说，知识先于任何文字。一旦我们放弃自己，漠不关心为什么我们凑巧存在，而只是简单地存在着，那么也许我们不会再自欺欺人地认为，我们最终也会成为存在的一部分。

如果号称动作不仅仅是身体的一种功能，而且是思想的延伸，那么同样，必须将语言视为思想的延伸，而不是身体的功能。声音从嗓子中出现，进入空气，给予，反弹，进入空气中的身体，虽然它们无法被我们看见，却同样是一种手势，一点不亚于一只手在空中伸向另一只手，在这个伸手的姿势中可以读出整个欲望的字母表。身体需要超越自身，即使它局限在自己动作的范围内。

从表面上看，这种动作似乎是随机的。但是这种随机性本身并不排除意义。或者可以说，如果意义不是正确的说法,那么可以称之为漂移,也就是说,对发生事物的连贯感觉,尽管每一个瞬间都在改变,用细节描述它并非不可能,但是需要很多字,很多音节、句子和辅助句式。语言总是落后于正在发生的事情。当所有动作停止,每个证人都散去之后很久,语言仍在孤独地描述发生的事,在四方墙壁的沉默和黑暗里面,无人听得见。但是一些事情在发生,我情不自禁地想出现在那里,那个瞬间,并想说些什么,即使说过的话将被遗忘,却会成为这段时间之旅经历中的一部分。

在裸眼的疆域,任何发生的事情都有开头和结束。然而,我们没有办法毫无疑问地肯定什么是开头,什么是结束。对我们中的有些人来说,事情发生在开头之前,对另外一些人来说,事情将在结束后继续发生。哪里可以找到呢?别看了。无论在,还是不在；无论谁在哪里，在哪个瞬间寻找避难所，他找到的都不会是他想象的。换句话说，离开你自己吧。永远不会太迟。总是太晚。

如果说最简单的事情是可能的，如果说最好不要放弃就近的一切，从这道风景开始，打个比方，甚至关注眼皮底下的事情，仿佛在眼皮底下狭窄的世界里，我可以发现身外之物，并且在某种程度上并不完全理解我生活中的每件事都是相关的，并将我与整个世界连在一起，一个笼罩心灵的无垠世界，就像欲望本身一样致命和不可知。

如果换一种方式。有时候需要不去命名我们正在谈论的事情。好比，希伯来人的无形上帝有一个不可发音的名字，而传统中赋予上帝的九十九种名字实际上只不过是一种认定"他不能被命名——他不能被看见——他不能被理解"的方式。但是，即使在一架飞得不高的飞机上，在可看清事物的情况下，我们也常常不愿全盘托出。好比"它"这个字。"它"在下雨，我们说，或者"它"怎么样了？我们感到自己明白自己在说什么，我们感到自己想要说的是，"它"代表了一些不必说的事，或者不能说的事。但是，如果我们想说的是我们不明白的，我们又怎么能够肯定我们明白自己所说的呢？因此,我们不言而喻。例如，"它",在前一句中"它"不言而喻，事实上它的内涵绝对不会比促使我们说出它的行为少。如果"它"这个字在任何一种定义它的努力中不断被重复，那么我们只能接受已经被定义的"它"，那就是提到"它"的前提条件。好比有人说，字使得他们想说的事变假，但是即使说"它们变假"也是承认"它们的变假"是真的，因此背叛了对字可达意的隐含信念。所以，当我们说话的时候，我们常常词不达意，就像在这里讨论的一样，我发现这些话从我嘴里吐出来，消失在它们自己的寂静之中。换句话说，字说的是它自己，我们的嘴巴只是它的说的工具。怎么可能呢？但我们永远不会去问"它"怎么可能。我们知道发生了什么，即使我们不能说出来。感觉依然在我们内心，对知识的审视就像对世界的审视一样，并不需要说出什么。哪怕我们保持沉默，我们的心灵自会明了。哪怕我们的心灵一无所知，世界也自会明了。

一个人出发前往他从未去过的地方。另一个人回来了。一个人来到一个没有名字的地方，没有地标显示他在哪里。另一个人决定回来。一个人在不知道什么地方写信，在他脑海中的白色空间写信件。这些信从未被人收到过。这些信从来没有寄出过。另一个人出发开始找寻第一个人。第二个人变得越来越像第一个人，直到他也被白色吞没。第三个人出发开始一段没有任何希望的旅程。他彷徨。继续彷徨。只要他留在裸眼的疆域,他将继续彷徨。

我写这篇文章时在房间里。我把一只脚放在另一只脚的前面。我把一个字放在另一个字的前面,每走一步,我添加一个字,仿佛每个说出的字都有一个需要迈过的空间,这个空间需要我的身体来填补。这是一次穿越空间的旅程,哪怕我无处可去,哪怕我最终回到的是我出发的地方。这是一次穿越空间的旅程,仿佛走过无数城市,仿佛横跨沙漠,仿佛去到想象的汪洋的边缘,让每一个想法淹没在真实世界的滚滚浪涛之中。

我把一只脚放在另一只脚的前面,然后我把另一只脚放在第一只脚前面,第一只脚已成为另一只脚,但是,它将再次成为第一只脚。我走在这四方的墙里面，只要我在这里，我就可以去任何我喜欢的地方。我可以从房间的一端走到另一端，然后按照我喜欢的方式抚摸四面墙壁的任何一面，甚至所有的面，一面一面抚摸，完全按照我的喜好。如果精灵在任何方向打动了我，我可以站在房间的中心。如果精灵将我引向另一个方向，我可以站在四个角落中的任何一个角落。有时，我抚摸角落，这样可以同时抚摸两面墙。偶尔，我的眼睛徘徊在天花板上，当我特别疲倦的时候，地板总能接纳我的身体。阳光透过窗户，从未投射出相同的影子，在任何一个特定的瞬间，我都可能发现自己处在可怕的无法想象的真相的边缘。而这些瞬间给予我极大的幸福。

有些地方，似乎看不见，但比我们更接近我们（例如街下方，或邻近的住宅区），有人诞生。其他地方，一辆汽车在半夜沿着空旷的高速公路行驶。同一个晚上，一个男子正将钉子敲入一块木板。我们对这一切一无所知。种子毫无声息地在大地上制造事端，我们对它一无所知。鲜花枯萎，大楼耸起，孩子们哭泣，这所有的一切，我们全都一无所知。

它发生了，并且随着它的继续发生，我们忘记了我们最初的样子。后来，当我们远离这个瞬间就像我们远离最初的瞬间时，我们将忘记我们现在的样子。但最终，我们将回家，如果有人无家可归，那么可以肯定的是，他们将离开这个地方去到他们必须去的地方。如果没有别的可教，生活教会了我们所有人一件事：那就是我们都将不在这里。

我把这些话献给生活中我不理解的事和每一件在我眼前经过的事。我把这些话献给找不到一个与我内心的沉默等同的词的无奈。

一开始，我想说的是手臂和腿，上下跳跃，身体翻滚旋转，无数的旅行穿过天空、城市、沙漠，和看不到峰顶的高山。渐渐地，当这些字开始强迫我，使得我想做的事变得不重要，我不得不勉强地放弃了所有诙谐的故事，所有发生在远方的冒险故事，我开始慢慢地、痛苦地清空自己的思绪。现在，空便是所有剩下的：一个空间，无论多么小，任何正在发生的事情都将被允许发生。

无论多么小，各种可能性都存在，甚至当行动轻微到看不出在动，好比一个像呼吸一样轻微的动作，吸气和呼气时身体微妙的动作。我曾经读过彼得·佛奥成（Peter Freuchen）写的一本书，这位著名的北极探险家描绘了他在格陵兰岛北部遭遇一场暴风雪。粮食渐渐减少，他决定造一座冰屋等待风暴过去。很多天过去了，他担心狼会来袭击——因为他听到饥饿的狼群在他的冰屋顶上走来走去——过一阵他就走出去，高声歌唱来吓跑它们。但是风暴凶猛，无论他唱得多响，唯一能听到的就是风。如果这很成问题，那么冰屋本身的问题要严重得多。佛奥成注意到他的小避难所的四壁逐渐向他收拢。由于外面的特殊天气，他的呼吸冻结在墙壁上，随着他每次呼吸，墙壁就变得厚一点，冰屋变得小一点，直到最终几乎没有空间留给他了。想象一下吧，把自己活埋在冰冷的棺材中，这绝对令人毛骨悚然。在我看来，这个故事比爱伦·坡的《陷阱和钟摆》更加真实。在这种情况下，人本身就是毁灭他自己的工具，而且，毁灭的工具同时又是他赖以生存的工具。如果一个人不呼吸，他就无法生存。但与此同时，如果他呼吸，他将无法继续生存。奇怪的是，我忘记了佛奥成是如何摆脱困境的。当然不用说，他摆脱了。我记得那本书的书名是《北极冒险记》，一本绝版多年的书。

什么都没发生。但是并非完全没有。如果说使得从未发生过的事发生是高尚的，那么停留在裸眼的疆域的则更加美妙。

最终归结为：每件事都很重要，每一件都是整体的一部分，甚至那些我不理解或无法理解的，好比撕掉我迄今为止所写的所有文字的渴望。不是因为我对这些字本身的不足而心生厌倦（虽然有可能），而是需要时刻提醒自己，事情不必以这种方式发生，总有另一种方式，不一定更好或更坏，但事情总会成形。我最终意识到，哪怕很小的事，我也未必有能力影响其结局。尽管如此，出于一种盲目的信念，我仍然情不自禁地想承担全部责任。因此，我的欲望，迫切的需要就是拿走这些纸片，将它们扔在整个房间的每个角落。或者，继续。或者，重新开始。或者，继续，仿佛每个瞬间都是新的开始,仿佛每个字都是另一个寂静的开始,仿佛另一个字比最后一个字更加缄默。

　　几张凌乱的纸片。交稿之前的最后一支香烟。冬天的夜晚,雪花无止境地飘落。停留在裸眼的疆域,和我此刻一样快乐。如果你觉得我要的太多,那么就留给记忆,当作一种当黑夜再度吞噬我时的回归方式。没有其他任何地方,除了这里。在这里,继续你漫长的旅程穿过天空,去到每一个地方,仿佛每个地方都是这里。冬天的夜晚,雪花不停地飘落。

(完)